Todo va a estar bien

Un Libro Para Niños Sobre El Manejo Del Miedo Y La Ansiedad

Uranito
www.uranitolibros.com
Impreso en India

Queridos padres de familia maestros y adultos comprometidos con el bienestar de los niños

Participar en la educación de un niño ansioso puede ser una lucha constante. Y así como representa un reto para el adulto, las cosas son mucho peores para el niño. Sus miedos pueden ser genuinos, o pueden ser resultado de una mente que trabaja de manera muy confusa. Ignorar la ansiedad jamás ayuda. En resumen, el niño sufre más en la medida en que sus padres o los adultos que los cuidan se rehúsan a reconocer sus temores.

Hay mucho que se puede hacer para ayudar a un niño que enfrenta este reto:

- Enséñelo a manejar la ansiedad. Asegurarle una y otra vez que nada malo va a pasar no es de mucha ayuda.
- Escuche a su hijo y hágale saber que lo comprende. Pase tiempo con él en busca de soluciones.
- Explíquele que está bien no ser perfecto y que vivimos en un mundo que tampoco lo es. Ayúdelo a encontrar su camino entre toda esa imperfección.
- No fomente que los niños evadan eventos o personas a causa de la ansiedad. Mejor ayúdelos a desarrollar estrategias para enfrentar sus miedos.
- Estimúlelos para que tengan expectativas realistas y positivas.
- Ayúdelos a relajarse con ejercicios de respiración o visualizaciones.
- Recompénselos cuando sean valientes. Sin embargo, no permita que esto se vuelva una costumbre.

Recomendamos leer este libro en compañía del niño para ayudarlo a entender lo que es la ansiedad y cómo puede manejarla.

La preocupación es una idea

¡Todos nos preocupamos! La preocupación es una idea que está en tu cabeza. Es como un sistema natural de alarma que se activa cuando hay peligro real o IMAGINARIO. Todas las personas tenemos miedo de algo. Cuando nos vemos forzados a hacer frente a esos miedos, nuestras mentes generan ideas que hacen que nos preocupemos. Algunos se preocupan por la tarea, otros temen que haya un monstruo en el armario, mientras que unos más tienen miedo de los relámpagos en el cielo.

No podemos evitar que nuestra mente tenga pensamientos. Es una mente, y pensar es uno de los trabajos que mejor sabe hacer. Sin embargo, sí puedes guiarla para que tenga pensamientos positivos. Puedes entrenar a tu maravillosa mente para que piense cosas que te pongan contento, en vez de cosas que te pongan triste.

Un sistema de alarma muy engañoso

Para ser más exactos, la preocupación llega cuando el sistema de alarma se vuelve loco y bombardea a la mente con toda clase de pensamientos sobre:

Cosas que pueden pasar en el futuro.

Cosas que pasaron en el pasado.

Cosas que podrían pasar si no haces alguna cosa en particular.

¿Qué pasaría si algo que viste en la TV, o leíste en un libro, o te contó un amigo, se hiciera realidad?

¿Qué pasaría si fallas?

¿Qué pasaría si alguien a quien quieres mucho ya no está contigo?

Estos son los monstruos que no existen.

La preocupación crea situaciones en tu cerebro que NO existen. Te hace pensar en un futuro que tal vez nunca suceda.

¿Qué haces con un reloj que no da la hora correcta? ¡Pues lo arreglas! Eso es lo que hay que hacer con el reloj de preocupaciones de tu mente. ¡Arreglarlo!

La preocupación y nuestro cuerpo

Estar asustado es natural. Cuando nos sentimos ansiosos, es porque nuestro cuerpo se ha estado preparando para luchar contra una situación, o para escapar de ella. Y, como generalmente no hacemos ninguna de las dos, toda esa energía se queda atrapada dentro. Esto es lo que mucha preocupación puede hacerle a tu cuerpo:

Preocuparte mucho produce mucha adrenalina. Esto hace que el corazón lata más rápido y más fuerte.

Más sangre es bombeada al cerebro y a los músculos para hacerlos trabajar más rápido y mejor. Empezamos a sudar y puede dolernos la cabeza.

La respiración es más rápida y sentimos que tenemos que jalar más oxígeno. Podemos empezar a sentirnos mareados.

Las pupilas se hacen más grandes, pero la digestión se hace más lenta. Puedes llegar a sentir nauseas cuando estás muy nervioso.

Es mejor liberar toda esa energía atrapada. Déjala salir físicamente. Cuando sientas que has estado muy preocupado y por mucho tiempo, sal a correr, a nadar, a bailar, ¡o simplemente grita!

Cuando el miedo es mucho más grande que el peligro

Cuando el miedo es más grande que el peligro, se le llama fobia. Algunos niños temen a los insectos, mientras que otros a las alturas.

Raquel era una estupenda patinadora artística. Había ganado muchos premios. Cuando su maestra le dijo que había sido elegida para competir a nivel nacional estaba muy emocionada. Sin embargo, cuando supo que tendría que viajar en avión a otra ciudad, decidió no competir. Su fobia a los aviones no le permitió volar.

Por suerte para Raquel, su mamá sabía unos ejercicios de relajación que le ayudaron cuando pensaba en aviones.

2
1
3

FIGURE
SKATER

Los miedos cambian todo el tiempo

¡Sí, los miedos cambian todo el tiempo! Los bebés temen a las personas que no conocen. Los niños pequeños, jamás quieren separarse de sus papás. Muchos niños tienen miedo de los insectos y de los monstruos cuando entran a la escuela. Los niños más grandes se preocupan por los desastres naturales o las enfermedades. El miedo nunca es el mismo.

Raquel aprendió a superar su fobia a los aviones. Arregló el reloj de preocupaciones de su mente y aprendió a escuchar una voz interior que le echaba porras.

Con la ayuda de su mamá, decidió no pensar demasiado en sus miedos. Al mismo tiempo decidió enfrentarlo y concentrarse en la meta de llegar a la competencia. Así es que, cuando subió al avión, su mamá le enseñó una revista de deportes para alejar a su mente del miedo a volar. Ahora ya no teme a los aviones. Sin embargo, empezó a sentir preocupación por la competencia que la esperaba.

Soñar despierto puede ser muy bueno

Arreglar el reloj de alarma de la preocupación requiere de mucho esfuerzo. Las creencias y la imaginación son dos recursos estupendos. También puedes intentar relajar tu mente con juegos, libros, música, televisión, etcétera. Hay niños que disfrutan de otras formas de soñar despierto.

Esto puede ser muy bueno. Toma algunas respiraciones profundas e imagínate un lugar en el cual puedes ser libre, estar tranquilo, seguro y alegre. Toma unas mini vacaciones en tu mente. Te sorprenderás con lo que podrás lograr con esto.

Cuando te sientas nervioso o agitado, presta mucha atención a tus cinco sentidos. Respira profundo. Mira a todos lados y localiza cinco objetos. Repite en voz alta sus nombres. Después, di en voz alta cuatro cosas que tu cuerpo esté sintiendo, como el cabello sobre tu cuello, tu camisa en tu cuerpo, etcétera. Escucha todos los sonidos a tu alrededor con cuidado. Di en voz alta tres sonidos que puedas oír. Luego di en voz alta dos cosas que puedas oler o que imagines. Por último, di una cosa que puedas o que quieras probar.

Trata Bien a tu Cuerpo

Un cuerpo saludable puede aguantar mejor el miedo. Cuando te sientas nervioso o el reloj del miedo esté muy acelerado, tómala con calma y respira profundamente. Jala aire, sostenlo, cuenta del uno al cinco y luego deja salir despacio el aire. Repite esto de cinco a seis veces. También puedes soplar burbujas, este es un gran ejercicio de respiración y sirve para calmarte.

Si quieres que tu mente y tu cuerpo se sientan fuertes, cuida mucho tu dieta, tu alimentación y tu tiempo de sueño. Come bien, toma mucha agua, duerme suficiente número de horas y has ejercicio. Un cuerpo sano combate mejor el miedo.

Las pelotas anti estrés, la plastilina y el barro también son muy buenos para ayudarte a relajar tu mente. Las preocupaciones y el temor no entran en una mente relajada o en un cuerpo saludable.

Derrota al monstruo

El miedo es un monstruo. Puedes lograr que no entre a tu mente y mantenerlo fuera para siempre. Sin embargo, hay momentos en que nos vemos forzados a enfrentarlo. No puedes evitar los exámenes solo porque te ponen nervioso. No puedes estar siempre lejos de los bullys. No sería divertido dejar de hacer nuevos amigos solo porque temes a la gente.

Cuando decidas enfrentar al "monstruo del miedo" para derrotarlo, siempre debes empezar un paso a la vez. Sam era muy malo para las matemáticas. Él sabía que podía dejar entrar al miedo y seguir siendo malo o tomar el siguiente paso sencillo. Empezó a practicar sumas simples todos los días. Muy pronto, los números ya no lo asustaban tanto.

Cuando decides enfrentar tus miedos, seguirán apareciendo monstruos cada vez más grandes y más temibles. Solo recuerda ir paso a paso para que logres derrotarlos.

9-6=
8×2=16
3=4
7+7=
15÷3=
17-7=

Pide ayuda

Cuando las preocupaciones están todo el tiempo en tu mente, intenta compartirlas con algún amigo o con algún adulto. Enséñales la puerta y diles adiós. Hablar tranquilamente sobre tus preocupaciones es una manera muy buena para relajarte. Pídele a mamá, a papá, a tus abuelos o a algún otro adulto de confianza que pasen tiempo contigo. Habla con ellos sobre las cosas que te preocupan o te ponen nervioso. Pídeles ayuda para derrotar al monstruo del miedo. Mientras más hables, será mejor. A los miedos no les gusta nada que hables de ellos con alguien que sabe cómo manejarlos. Normalmente prefieren desaparecer.

Si las cosas no cambian demasiado, pide ayuda de un profesional. No debe darte ninguna pena ver a un terapeuta o a algún médico profesional que te ayude a combatir a tus miedos. Es lo mismo que ir con un profesor para que te enseñe a nadar.

Sé un Buen amigo

Todos tenemos al menos un amigo que le teme al monstruo del miedo. Dile que estás allí para apoyarlo. Si tienes algún amigo que se preocupa mucho o se pone muy nervioso, puedes ir en su ayuda. Sé un buen amigo. Anímalo a hablar sobre las cosas que le preocupan. No platiques de sus miedos con otros o hagas un chisme. Mejor dile todas las cosas buenas que puedas sobre él y trata de hacerlo sentir bien. Ayúdalo a tener confianza. Compártele tu experiencia para combatir al monstruo del miedo.

Tia y Ruby eran muy buenas amigas. A Tia le gustaba bailar pero tenía miedo de estar en un escenario. Entonces, Ruby decidió ser una buena amiga. La escuchó y la apoyó para enfrentarlo paso a paso. La acompañó a ensayar cada vez que el escenario estaba vacío. Muy pronto, Tia estaba lista para bailar en público. Cuando al fin estuvo en un escenario, solo pensaba en su buena amiga Ruby.

Pon tus preocupaciones en manos de Dios

Confía en Dios. Él siempre está allí para ayudarte. Puedes rezar y tener la seguridad de que te ayudará a poner fin a todos los miedos.

Imagínate escribiendo todos tus miedos en una hoja de papel. Una vez que los tengas todos, mándale esa hoja a Dios. Envíale todas tus preocupaciones. Él se encargará de ellas. Él siempre ha estado a tu lado, desde el día en que naciste.

Cuando pones tus preocupaciones en manos de Dios, estás dando un gran paso para arreglar tu reloj de alarma de preocupaciones. Dios te comprende. Tal vez él no componga tu reloj, pero te ayudará a que tú solo lo arregles. Recuerda que él te cuida siempre.

Actividades

Vamos a ver qué aprendiste de este libro:

Escribe sí o no

1. Cuando el peligro es más grande que el miedo, se llama fobia. _____
2. La preocupación puede hacernos pensar cosas que no existen. _____
3. Los miedos deben enfrentarse paso a paso. _____
4. Los miedos no cambian cuando crecemos. _____

Qué harías en las situaciones siguientes:

1. Si estás nervioso por un examen.

   ____

2. Si ves a un amigo que está preocupado por no estar en el equipo de deportes.

   ____

3. Cuando te sientas nervioso, practica soñar despierto. Describe tu experiencia y cómo te ayudó.

   ____